L'ESPRIT BORDELAIS

Le Cabinet du Directeur. — Porte au fond, portes latérales. — A droite, une cheminée; à gauche, une fenêtre. — près de la fenêtre, une financière encombrée de brochures et de papiers de toutes sortes. — Deux bougies allumées sur la financière. — Un fauteuil près de la cheminée.

SCÈNE I.

LE DIRECTEUR, seul, — debout devant la financière. · Il lit la bande qui enveloppe les papiers qu'il prend sur la financière, et les met en ordre.

Comptes acquittés..., là... *Correspondance...*, ici...
Liste d'abonnement..., dans ce tiroir... Ceci?...
L'avis que je veux faire afficher au contrôle...
Cela?... L'engagement du jeune premier rôle...
Il doit, pour le signer, se présenter demain...
Dans ce casier... j'aurai ces papiers sous la main...
L'ordre abrége le temps que le travail réclame...
(S'asseyant devant la financière.)
A l'ouvrage!... Il me faut rédiger mon programme...
(Il prend une plume et une feuille de papier.)
Soyons bref... Long discours n'est pas lu, je le sais...
(Lisant ce qu'il écrit.)
« Le nouveau directeur du Théâtre-Français
» A l'honneur d'informer... »
(S'interrompant.)
La phrase est vieille et plate...
(Il efface ce qu'il a écrit, et recommence.)

Changeons...

(Lisant ce qu'il écrit de nouveau.)

« Connu de vous, Bordelais, je me flatte... »

(Posant la plume sur la financière et se croisant les bras.)

Je me flatte... et de quoi?... De faire plus et mieux
Que tous mes devanciers?... Début prétentieux!
Les grands mots aujourd'hui ne trompent plus personne;
L'instrument le plus creux est l'instrument qui sonne
Le plus fort...; c'est jugé!... Frapperai-je un grand coup?
Non pas... Je promets peu, voulant tenir beaucoup!...

(Se levant.)

Ah! je n'ignore point qu'une page éclatante
Est acquise à la scène où je dresse ma tente!

(Traversant le théâtre.)

Que de fois tout Bordeaux, au Théâtre-Français,
Vint d'un jeune talent consacrer le succès;
Et que d'acteurs fameux, au feu de cette rampe,
Ont, de l'art, révélé la vigoureuse trempe!
Lepeintre y déployait, largement applaudi,
Sa chaude verve, éclose au soleil du Midi;
Raucourt, ce Buridan prompt à damner son âme,
Longtemps, dans cette salle, a fait rugir le drame,
Tandis que, sans effort, le comique Landrol
Du vieux rire gaulois précipitait le vol;
Déjazet, — dans ces murs qui jadis l'avaient vue
Presque enfant, et déjà de mille attraits pourvue, —
Déjazet rapportait, bien après soixante ans,
Son esprit, ses chansons, sa gloire et son printemps;
Et Ligier, invoquant la muse taciturne,
Ici, naguère encore, illustrait le cothurne;
Ligier le bordelais, que Paris acclama,
Qui, seul, fit reverdir le laurier de Talma!...

(S'asseyant dans le fauteuil.)

Ce passé radieux m'éblouit... et m'attriste!...
Puis-je faire du ciel descendre un grand artiste?
Puis-je, pour que la foule assiége mes bureaux,
Chaque soir d'un chef-d'œuvre exhiber les héros?

Un acteur de génie est une étoile rare...
Le cerveau des auteurs de chefs-d'œuvre est avare...
Pourtant, l'honneur commande où le sort m'a placé ;
Je veux que le présent soit digne du passé !...
Plaire au public, voilà la gloire qui me tente !...
J'y sacrifirai tout... Mais elle est inconstante
La faveur du public !... Pourrai-je la saisir ?
La captiver ?...

L'ESPRIT, apparaissant.

Toujours !... si tu veux m'obéir !...

SCÈNE II.

LE DIRECTEUR, L'ESPRIT.

LE DIRECTEUR.

Pour t'obéir, il faut qu'au moins je te connaisse.
Qui donc es-tu ?

L'ESPRIT.

L'Esprit bordelais.

LE DIRECTEUR.

Ta jeunesse...

L'ESPRIT, l'interrompant.

Parlons-en. Je suis né sous Jules César.

LE DIRECTEUR.

Toi ?

Mais ce visage ?

L'ESPRIT.

Est-il de ton goût ?

LE DIRECTEUR.

Oui, ma foi !...

L'ESPRIT.

Ce visage est celui que j'avais, quand Ausone
M'encadrait dans ses vers, dont chaque pied résonne
Comme un timbre d'argent... ; et que j'avais encor,
Quand, huit siècles après, la reine Aliénor,

Voulant me faire honneur, en pleine cathédrale
Octroyait à Bordeaux sa charte libérale...
Et que j'avais toujours, lorsque je me glissais
Chez Montaigne écrivant ses immortels *Essais ;*
Ou, lorsque, secouant de royales entraves,
Je donnais aux Frondeurs l'accolade des braves.
Et que, de la révolte éternel boute-en-train,
Sous le feu du canon je sifflais Mazarin !...
Si bien que Montesquieu l'eût cachée aux profanes,
Mon oreille pointait dans les *Lettres persanes*...
On m'a vu, sur leurs pas effeuillant mon bouquet,
Suivre les Girondins à leur dernier banquet...
Lainé m'ouvrit souvent son cabinet austère ;
Avec moi Martignac entrait au ministère...
Galard me consacrait sa verve et son crayon ;
Rode, son doigt savant et l'archet d'Amphion ;
Et Lafon, le tragique, au bout de sa carrière,
Recevait de ma main une palme dernière !...
Tel je fus, tel je suis ! Sans l'avoir effacé,
Sur mon type natal deux mille ans ont passé !...
J'aime ce que j'aimais : le grand soleil, l'air libre,
Qui des âmes détend la généreuse fibre ;
Et l'éclair des chansons, et l'harmonieux choc
Du cristal que rougit la sève du Médoc !...
L'heure où Bordeaux sortit des flots de la Garonne.
                    (Portant la main à son front.)
Ce fut l'heure où mon front ceignit cette couronne...
Et je n'ai point changé !... Je suis jeune, en effet...
L'Esprit reste toujours ce que le ciel l'a fait !

                    LE DIRECTEUR.

D'où me vient, cher Esprit, l'honneur de ta visite ?

                    L'ESPRIT.

D'un théâtre où j'ai ri je veux la réussite...
Rien ne délasse autant qu'un spectacle bien gai,
Et Dieu sait si le soir me trouve fatigué !...

Quelle vie !... Est-il jour ? n'est-il pas jour ? n'importe !
Le Commerce est déjà debout devant ma porte.
Le Commerce jamais n'a dormi que d'un œil ;
Il m'éveille, il m'arrache aux bras de mon fauteuil...
Je recommence alors ma corvée éternelle ;
Et me voilà courant du sucre à la cannelle,
Livrant le vin choisi, facturant l'indigo,
Ou, de l'Inde au Texas, du Brésil au Congo,
Suivant, sur un navire aux carènes profondes,
La spéculation à travers les deux mondes !...
Tâche lourde, écrasante, énervante... Au total,
J'en suis fier..., car j'ai fait Stuttenberg et Portal !...
Oui, plus je vois grandir la nouvelle Corinthe,
Où du luxe et du goût brille la double empreinte ;
Où, sous le même toit, par un accord charmant,
Le Négoce, avec l'Art, vit fraternellement ;
Où naissent tour à tour, sur le même pupitre,
Entre deux bordereaux, le sonnet et l'épître ;
Où, dans d'heureux salons, chantent, les jours d'extra,
Des rossignols, éclos ailleurs qu'à l'Opéra ;
Plus je vois resplendir notre cité princière,
Cette ville où, du temps de sa Jurade altière,
Le modeste marchand primait le grand seigneur,
Où le premier blason est celui de l'honneur,
Plus je suis fier, songeant au pouvoir que j'exerce,
Que l'Esprit bordelais soit l'esprit du commerce !
(Une pause.)
Mais je n'en suis pas moins le soir bien accablé...

LE DIRECTEUR.

Cela se comprend.

L'ESPRIT.

J'ai le cerveau bourrelé
De chiffres... Je les sens batailler dans ma tempe...
J'ai besoin qu'un spectacle attrayant me retrempe...

LE DIRECTEUR.

J'espère contenter un si juste désir...

L'ESPRIT.

Le théâtre est encor le plus noble plaisir...
Mon goût pour le théâtre est d'une date ancienne :
J'ai vu la tragédie au Collége de Guienne...
On y jouait *Jephté*, de Georges Buchanan...
En quinze cent quarante...

LE DIRECTEUR, souriant.

On fait mieux, maintenant.

L'ESPRIT.

C'était fort beau... La coupe était neuve et hardie....
Dit-on..., car j'ai dormi...

LE DIRECTEUR.

Déjà la tragédie
Produisait cet effet?

L'ESPRIT.

Elle était en latin.

LE DIRECTEUR.

C'est juste!

L'ESPRIT.

Chez le duc d'Épernon, un matin,
J'ai vu Molière... Oh! oh!... Il débutait encore;
Mais quel astre brillant promettait cette aurore!
La scène où s'illustra l'architecte Louis
Était livrée à peine aux regards éblouis,
Que déjà, le cœur plein d'une émotion vive,
J'y venais admirer et Monvel et Larive.
Martelli fit longtemps mes délices... Plus tard,
Desforges... Mais tu vas me croire un peu bavard?

LE DIRECTEUR.

Qui parle bien, jamais ne parle trop.

L'ESPRIT.

J'abrége...
Donc, j'aime le théâtre, et j'y viens (l'avoûrai-je?

J'y viens surtout pour rire... Oui, c'est là mon penchant.
Pour ne pas vouloir rire, il faut être méchant;
Et, quoique un peu railleur, je suis bon, je t'assure.
Fais-moi donc rire, ici..., mais rire avec mesure.
Non du rire indécent qu'un murmure interrompt,
Qui force la pudeur à se voiler le front;
Mais de ce rire aimable, honnête, plein de charme,
Et si doux quand le cœur l'humecte d'une larme!

LE DIRECTEUR.

Je te comprends fort bien...: Tu veux être amusé?

L'ESPRIT.

D'abord.

LE DIRECTEUR.

　　Rire et ne pas rougir...

L'ESPRIT.

　　　　　　　　C'est malaisé

Peut-être?

LE DIRECTEUR.

　　Beaucoup moins que tu pourrais le croire...
Pour qu'une gaîté franche abonde au répertoire,
Je prendrai dans l'ancien ce qui manque au nouveau...

L'ESPRIT.

Très bien!

LE DIRECTEUR.

　　Vois-tu Régnard, bon cœur, joyeux cerveau,
M'offrant son *Légataire?*

L'ESPRIT.

　　　　　　Et Collin d'Harleville,
Monsieur de Crac?

LE DIRECTEUR.

　　　Picard et sa *Petite ville?*...

L'ESPRIT.

Sont fort amusants...

LE DIRECTEUR.

Scribe et *l'Ours et le Pacha?*...

L'ESPRIT.

Heureux Scribe! une fée en naissant le toucha
De sa baguette... Allons, nous pourrons nous entendre...
Mais ce n'est pas les bras croisés qu'il faut attendre
Le succès... Hâte-toi de courir après lui...
Que l'affiche toujours soit friande : Aujourd'hui
Sardou, demain Augier, après demain Barrière,
De temps en temps Ponsard... et par extra Molière.
Du neuf servi tout chaud, du vieux bien apprêté,
Et l'appétit naîtra de la variété!
C'est dit?

LE DIRECTEUR.

C'est entendu!

L'ESPRIT.

Bonsoir et bonne chance!

LE DIRECTEUR.

Te reverrai-je?

L'ESPRIT.

Oui, certe!

LE DIRECTEUR.

A ta vive obligeance
J'aurai souvent recours.

L'ESPRIT.

Et moi, je te promets
De paraître aussitôt que tu me voudras...;

LE DIRECTEUR.

Mais
Comment te prévenir?

L'ESPRIT.

La chose est très facile.
(Il lui donne une petite clochette.)

Tiens... Prends cette clochette, et j'accourai, docile,
A son commandement... Tu sonnes, me voilà !...
Le moyen n'est pas neuf.

LE DIRECTEUR.

Il est bon ; tout est là.

J'agiterai souvent la clochette.

L'ESPRIT, sortant.

A ton aise !

LE DIRECTEUR.

Où vas-tu donc ?

L'ESPRIT, du fond, très galment.

Piller la Cave bordelaise.
(Il sort par une porte latérale.)

SCÈNE III.

LE DIRECTEUR, seul.

Esprit aimable, esprit charmant !... Il est venu
Fort à propos vers moi... Qui se sent soutenu,
Peut oser...
(Allant vers la financière.)
Un esprit qu'une clochette évoque,
C'est étrange !... Mais plus étrange est notre époque...
(S'asseyant devant la financière.)
J'userai des conseils qu'il voudra me donner,
Et je ne perdrai pas mon temps... à m'étonner.
(Prenant la plume.)
Je puis donc hardiment rédiger mon programme.
(Bruit dans l'antichambre. — La porte du fond s'ouvre à deux battants. — Le Drame et
la Comédie se présentent à la fois.)

SCÈNE IV.

LE DIRECTEUR, LE DRAME, LA COMÉDIE, puis LE VAUDEVILLE.

LE DRAME, arrêtant la Comédie qui veut entrer.

Arrière !... Laisse-moi passer, je suis le Drame !

LA COMÉDIE, arrêtant à son tour le Drame.

Je suis la Comédie... et tu n'entreras pas
Avant moi.

LE VAUDEVILLE, se montrant et passant entre le Drame et la Comédie, qui le suivent
de front.

Rangez-vous, s'il vous plaît... J'ai le pas
Sur vous. (Entrant et chantant.) « Le premier pas se fait sans qu'on y
pense. »

LE DIRECTEUR, se retournant et se levant.

Quel bruit!

LE VAUDEVILLE, en regardant le Drame et la Comédie, chantant .

« Conscrits, au pas! »

LE DRAME, au Vaudeville.

Vaudeville, silence.

LA COMÉDIE, au Vaudeville.

Tu te fais vieux, mon cher.

LE VAUDEVILLE, chantant :

« La santé, la gaîté,
« Changent l'hiver... »

LE DRAME.

Connu!

LA COMÉDIE.

Fredonneur entêté!

LE DIRECTEUR.

Enfin, que voulez-vous?

LE DRAME, LA COMÉDIE, LE VAUDEVILLE.

Régner sur ton affiche.

LE DIRECTEUR, raillant.

Tous les trois?

LE DRAME.

Moi, tout seul!

LE VAUDEVILLE, chantant, à part :

« Biribi, l'on s'en fiche ! »

LA COMÉDIE.

Moi, sans partage !

LE VAUDEVILLE, chantant, à part :

« La bonne aventure, ô gué ! »

LE DIRECTEUR.

Transigez entre vous.

LE DRAME, LA COMÉDIE, LE VAUDEVILLE.

Non !

LE VAUDEVILLE.

       Je suis fatigué
D'alterner constamment de la cour à la ville.
« Le Français, né malin, créa le vaudeville. »
Ce théâtre est français, je suis français, pourquoi
Ne serais-je pas maître ici ?... Je suis chez moi !
   (Chantant.)
« Où peut-on être mieux qu'au sein de sa famille ? »

LE DIRECTEUR, impatienté.

Le temps coûte trop cher pour que je le gaspille.
Au fait !
     (S'adressant au Drame.)
     Que te faut-il, à toi ?

LE DRAME.

       Ce qui m'est dû :
La souveraineté de ta scène... Entends-tu ?

LE DIRECTEUR.

J'entends bien.

LE VAUDEVILLE, à part, raillant et chantant :

« Grenadier, que tu m'affliges ! »

LE DRAME, au Directeur.

        Donne
A qui les a gagnés, le sceptre et la couronne.

Qu'on me trouve un rival ! Du théâtre, c'est moi,
Moi, le Drame, qui suis le légitime roi !...
Le passé m'appartient ; je fouille dans l'histoire,
J'en exhume, à mon choix, ou la honte ou la gloire.
Je sais, leur imprimant une mâle fierté,
Passionner l'amour, l'honneur, la liberté !...
J'étonne et j'attendris, j'instruis et j'épouvante ;
De la mort je sais faire une leçon vivante !...
Le crime a beau monter, il n'est pas de hauteur
Où n'aille le chercher mon doigt accusateur.
Que de fois, soulevant la pourpre qui le cache,
J'ai mis à nu le cœur d'un parjure ou d'un lâche !
Que de fois, du grand jour lui versant les rayons,
J'ai fait de la vertu resplendir les haillons !...
Je remplace la loi quand elle est impuissante ;
D'un verdict qui tranchait une tête innocente
J'ai dénoncé l'erreur à la postérité :
C'est par moi que Lesurque est réhabilité !...
Je porte tous les noms, je suis de tous les âges ;
Prince, manant, tribun, soldat, j'ai cent visages.
Je parle, dominant le bronze et les tambours,
La langue de Corneille ou l'argot des faubourgs.
De Charlemagne, un soir, j'ai révélé la taille ;
Richard Trois m'a prêté son estoc de bataille.
Pour moi, tente, palais, prison aux lourds barreaux,
Tout, le chaume lui-même, enfante des héros.
Que je signe *Abélard* ou *Lazare le pâtre*,
Je suis le drame fort, que la foule idolâtre !...

(S'adressant au Directeur.)

A moi ta scène entière et ses décors mouvants
Où gronde le tonnerre, où mugissent les vents !...

(Écartant la Comédie et le Vaudeville.)

Place ! je n'ai pas trop d'une profonde salle
Pour faire palpiter ma fibre colossale !...
Place ! car j'ai l'audace et la fécondité,
Car j'amène avec moi la popularité !...

LA COMÉDIE.

Ah! tu veux déclamer?... A nous deux, camarade!
La Comédie, aussi, sait lancer la tirade...

LE VAUDEVILLE, s'asseyant et se frottant les mains en regardant la Comédie.

Bien! bien!

(Chantant à part.)

« Petite pluie abat grand vent... »

LA COMÉDIE, au Drame, après s'être reculée et drapée.

Tu crois
Régner seul au théâtre!... En vertu de quels droits?...
Où donc as-tu cueilli tes lauriers illusoires?
Tu ne vis qu'en raison de tes mille accessoires.
D'une trappe, d'un truc, d'un verrou, d'un ressort,
Dépend de tes héros l'heureux ou triste sort!
Il te faut, — constamment, — le visage farouche,
Le poignard à la main et l'écume à la bouche,
Blasphémant, et roulant des yeux de basilic,
Arracher ton succès à l'horreur du public!...
Et tu convoiterais la palme souveraine!...
Le théâtre, jamais, n'a voulu qu'une reine :
La Comédie! Oui, moi, qui sais par quel chemin
La vérité puissante arrive au cœur humain;
Moi, qui suis juge aussi!... J'ai des heures précises
Où je tiens, chaque soir, mes célèbres assises.
Mon tribunal n'a rien qui commande l'effroi;
L'esprit et le bon goût y siégent près de moi.
J'ai choisi pour greffier la raison; elle appelle
Les causes; l'accusé m'est présenté par elle...
Et tantôt c'est Oronte et son galant sonnet,
Perrin Dandin ronflant sous son grave bonnet;
Tantôt c'est Arpagon caressant sa cassette,
Armande jusqu'au ciel allongeant sa lunette;
Quand ce n'est pas Crispin jurant sur son honneur;
Turcaret, amoureux, singeant le grand seigneur;
Ou bien monsieur Jourdain apprenant (douce chose!)

Que depuis quarante ans il faisait de la prose...
L'accusé se défend, mais en vain. D'un coup d'œil,
Je démasque à la fois la sottise et l'orgueil;
Et devant le public, que l'audience attire,
Je lance mon arrêt dans un éclat de rire!
Arrêt terrible, car il ne se prescrit pas!
Le méchant le sait bien. Tel qui marche à grand pas
Hors du code, devant mon sourire recule :
On brave l'infamie, on craint le ridicule!...
Un seul, — c'était un fourbe à l'œil louche, au front plat,
Prompt à croiser les mains sur son large rabat.
Parodiant l'ardeur qu'un zèle pur attise,
Et de l'amour de Dieu voilant sa convoitise, —
Un seul, dis-je, avait cru, s'abritant de l'autel,
Qu'il me désarmerait par la crainte du ciel!
J'ai ri!... De l'hypocrite affrontant la menace,
J'ai cloué sur son front sa dévote grimace...
Par l'indignation l'arrêt me fut dicté...
J'ai condamné Tartufe à l'immortalité!...

LE VAUDEVILLE, se levant.

Et de deux!... à mon tour...

LE DIRECTEUR, se levant, au Vaudeville.

De grâce!... l'heure vole;
Quel fruit espérez-vous de ce débat frivole?

LE VAUDEVILLE.

Frivole jusqu'ici, sérieux maintenant.
Madame est fort étrange et Monsieur étonnant..
Je verrais d'Artagnan accaparer la scène,
Ou bien je subirais la loi de Célimène?...
Jour de Dieu! Si quelqu'un doit commander ici,
C'est moi, le Vaudeville!... Et mon droit, le voici :
Je suis national!... Cela vous semble drôle?
Lorsque sous nos drapeaux la victoire s'enrôle,
Le Vaudeville part avec elle... Au bivac,

s m'ont tiré de la

Donnant un souvenir à *madame Grégoire*,
Et par une chanson préludant à la gloire !
Donc, à moi le théâtre, à ce vieux fredonneur,
Qui, gaîment, a conduit la France au champ d'honneur...

(Chantant.)

AIR : *T'en souviens-tu ?* etc., etc.

Quand des Kalmouks la cohorte servile
Nous menaçait de son joug infamant,
C'est le refrain d'un joyeux vaudeville
Qui fut pour nous le cri de ralliement.
Souvent, aux jours de disette profonde,
Une chanson remplaçait un repas ;
Si nos soldats ont fait le tour du monde,
C'est qu'en chantant ils emboîtaient le pas !

LE DRAME, raillant.

Encor la vieille garde !

LA COMÉDIE, raillant.

Encor le Champ d'Asile !

LE DIRECTEUR.

Messieurs, finissons-en...   (Entre l'Opérette, sans être vue.)

LE DRAME.

Le moyen est facile :

Affiche-moi demain.

LA COMÉDIE.

Je voudrais voir cela !...

LE VAUDEVILLE.

Et moi, donc !...

L'OPÉRETTE, se faisant voir.

Moi, surtout...

LE DIRECTEUR, regardant l'Opérette.

A l'autre !

SCÈNE V.

LES PRÉCÉDENTS, L'OPÉRETTE.

L'OPÉRETTE.

J'étais là ;

J'écoutais... On complote!... On vise au monopole!...
Le Vaudeville aussi!. .

(Riant, en indiquant le chapeau du Vaudeville.)

Quel chapeau! La coupole

Du Panthéon!...

(Enveloppant du regard le Drame, la Comédie et le Vaudeville.)

Rentrez chez vous!

(Au Drame.)

Le Drame! usé.

(A la Comédie.)   (Au Vaudeville.)

La Comédie! usée... Et toi, mon vieux, rasé!..,
Vous restez ébahis!... Faut-il que je regrette
Mes petits mots plaisants?... Bah! je suis l'Opérette...
Autrefois la Folie... On a changé mon nom...
C'est tout... Au changement ai-je rien perdu?... Non.

(Chantant.)

AIR de la *Belle Hélène* (*Si par mégarde*, etc.).

Quand, au théâtre,
Muse folâtre,
J'éveille les Ris et les Jeux,
Que je bavarde
Ou me hasarde
Dans un menuet orageux,
J'émeus la foule,
La salle croûle
Au bruit des applaudissements...
Preuve bien sûre
Que je procure *(ter)*
Une infinité d'agréments.

La *Belle Hélène*
Fait chambre pleine,

Chacun suit *Orphée aux Enfers* ;
  A *Barbe bleue*,
  Paris fait queue ;
Mes lauriers longtemps seront verts ;
  Car l'opérette,
  Reine ou soubrette,
Compte par milliers ses amants...
  Preuve bien sûre
  Que je procure *(ter)*
Une infinité d'agréments !...

Diantre ! on ne lutte pas avec moi ; j'ai la vogue !
  (Au Directeur, lui désignant le Drame.)
L'ami, délivre-moi de cette face rogue...

     LE DRAME.

Tête et sang !

   L'OPÉRETTE, au Directeur, désignant la Comédie.

  Le congé de Thalie est-il prêt ?

     LA COMÉDIE.

Pécore !

   L'OPÉRETTE, au Vaudeville, lui faisant signe de sortir.

  Lustucru ferme son cabaret...
Hâte-toi ; Madelon se lasserait d'attendre.

     LE VAUDEVILLE.

Petit aspic !

     LE DIRECTEUR.

  Pour Dieu ! voulez-vous bien m'entendre ?

     L'OPÉRETTE.

Parle, mon chérubin...

     LE DIRECTEUR.

    Puis-je vous contenter,

Lorsque chacun de vous...

    L'OPÉRETTE, au Drame.

    Crois-tu m'épouvanter

En louchant ?...

LE DRAME, la main sur son épée.

C'est trop fort!...

LE DIRECTEUR.

Écoutez donc!

L'OPÉRETTE, en éclatant de rire.

A l'aide!

Je me meurs!... Voyez-vous sa lame de Tolède!...
(Se laissant tomber dans les bras du Vaudeville.)
Soutiens-moi, Châtillon...

LE DIRECTEUR, ahuri.

Je ne sais plus trop...
(Se frappant le front.)

Ah!...

J'y songe... (Il court à la table.)

LE VAUDEVILLE, regardant l'Opérette, qui est dans ses bras.

Elle est très bien... (Il la remet sur ses pieds.)

L'OPÉRETTE, souriant au Vaudeville.

Je fatigue papa!

LE DIRECTEUR, agitant la sonnette.

A moi, mon bon Esprit!... (Étonnement.)

LA COMÉDIE, surprise.

Le spectacle commence!...

L'ESPRIT, apparaissant.

Non, je crois qu'il finit.

SCÈNE VI.

LES PRÉCÉDENTS, L'ESPRIT BORDELAIS.

L'OPÉRETTE.

Tiens! une connaissance!
L'Esprit bordelais...

LE DRAME.

Oui... nous savons, avant toi,
Ce que vaut cet Esprit.

LA COMÉDIE.

Il vaut beaucoup pour moi...
L'aimer est un bonheur, lui plaire est une gloire.

LE VAUDEVILLE.

Un bon vivant! (Chantant) « Il aime à rire, il aime à boire. »

LE DIRECTEUR.

Comme on se radoucit... Tant mieux... tout ira bien.

L'ESPRIT.

Merci du bon accueil!... Mais ce n'est pas pour rien
Que votre Directeur auprès de lui m'appelle...
J'entends de loin... Je sais qu'ici l'on se querelle.
Pourquoi donc?

LE DIRECTEUR.

Ils sont quatre, et chacun veut régner
Seul... despotiquement.

L'ESPRIT.

Oh! oh!... C'est témoigner,
Avec beaucoup d'orgueil, une imprudence extrême.
Le front s'use à porter toujours le diadème!
En partager le poids, sans ternir ses rayons,
Serait-ce, par hasard, impossible?... Voyons!
(S'adressant à la Comédie.)
Je commence par toi, filleule de Molière,
Dont nous admirons tous la grâce familière,
Le trait fin, le bon goût, les honnêtes penchants,
Et le rire vengeur des sots et des méchants.
Au trône dramatique, une fois par semaine,
Viens t'asseoir. Cette fois, tu seras vraiment reine;
Tes joyaux paraîtront d'autant plus radieux,
Qu'ils n'auront pas, la veille, émerveillé nos yeux!
(S'adressant au Drame.)

Tu réclames ta part du trône... c'est fort juste !
Le Drame est, de nos jours, un personnage auguste ;
Soulié, Dumas, Hugo, tour à tour l'ont doté
D'éclat et de grandeur : c'est une majesté !...
Mais veux-tu conserver ton autorité franche ?
Contente-toi, mon cher, d'être roi le dimanche ;
C'est le jour où les cœurs ont de chauds battements.
Garde pour ce jour-là tes poumons véhéments ;
Ce sont eux qui te font puissant devant la foule.
Fatigue tes poumons et ton pouvoir s'écroule !...
Gare à la majesté qui s'enroue en public !...

(S'adressant à l'Opérette.)

Et toi que nous trouvons charmante...

L'OPÉRETTE.

J'ai du chic !

L'ESPRIT.

Opérette rêveuse, Opérette mignonne.
S'il fut jamais un front digne de la couronne,
C'est le tien, gai pinson des frivoles amours,
A qui tout est permis... même les calembours !
Prends ton jour pour régner, et ceins ton front de roses !
Mais sans donner raison aux Cassandres moroses,
Qui font de tes ébats un sombre épouvantail,
Aux prudes te lorgnant derrière un éventail,
Je t'engage à veiller sur les plis de ta jupe :
Le scandale toujours de lui-même est la dupe ;
Une aimable décence aiguise la gaîté,
Et le respect des mœurs n'a jamais rien gâté !...

(S'adressant au Vaudeville.)

Quant à toi, ne crains pas que l'Esprit te dédaigne ;
La mode a fait pâlir le lustre de ton règne ;
Mais tu seras toujours aimé des Bordelais.
Choisis ton jour, mon brave, et lance tes couplets.
L'époque où nous vivons est-elle si parfaite
Que des lazzis mordants la récolte soit faite ?

Va, sans chercher bien loin, tu trouveras encor
Des Margots escomptant les soupirs de Mondor ;
Des niais qui, risquant leur dernière pistole,
Cherchent dans un brelan les sources du Pactole ;
Des docteurs au maillot, des Agnès de trente ans,
Et des maris... Tu peux chansonner fort longtemps !...
J'ai dit !...

(Tendant la main au Drame, à la Comédie, à l'Opérette et au Vaudeville.)

La main ! la main !... Pour vous, sachez le croire,
Séparés, c'est la perte ; unis, c'est la victoire !
Voulez-vous vaincre ?

LE DRAME, LA COMÉDIE, L'OPÉRETTE, LE VAUDEVILLE.

Oui ! oui !...

(Ils viennent chacun donner la main à l'Esprit, qui la retient dans la sienne.)

LA COMÉDIE.

Le Drame est chaleureux !

LE DIRECTEUR, joyeux, à part.

Bien ! bien !

L'OPÉRETTE.

Le Vaudeville a des couplets heureux !

LE DIRECTEUR.

Parfait !

LE DRAME.

La Comédie en traits moraux fourmille !

LE DIRECTEUR.

Encor mieux !

LE VAUDEVILLE.

L'Opérette est bien un peu ma fille !

LE DIRECTEUR.

Admirable !

L'ESPRIT, réunissant toutes les mains.

Union !

LE DRAME, solennel.

Le cœur est dans la main !

L'ESPRIT.

Directeur, qu'en dis-tu ?

LE DIRECTEUR.

Moi ?... J'ouvrirai demain
Mon théâtre. (Prenant la main de l'Esprit.)

Oh ! merci ! merci ! du fond de l'âme.
C'est toi, charmant Esprit, qui m'as fait mon programme.
Il n'y manque qu'un mot, un seul : que tes avis
Par mes acteurs et moi seront toujours suivis ;
Que je n'épargnerai ni les soins ni les veilles,
A montrer, ne pouvant accomplir des merveilles,
Qu'au théâtre, en dépit des Catons soucieux,
« Tous les genres sont bons, hors le genre ennuyeux ! »

L'ESPRIT.

Vivat ! Lance ta barque et vogue à la recette !

LE DIRECTEUR.

Mais, par précaution, je garde la clochette !

FIN DE L'ESPRIT BORDELAIS.

Bordeaux. — G. GOUNOUILHOU, imp. de l'Académie, rue Guiraude, 11.